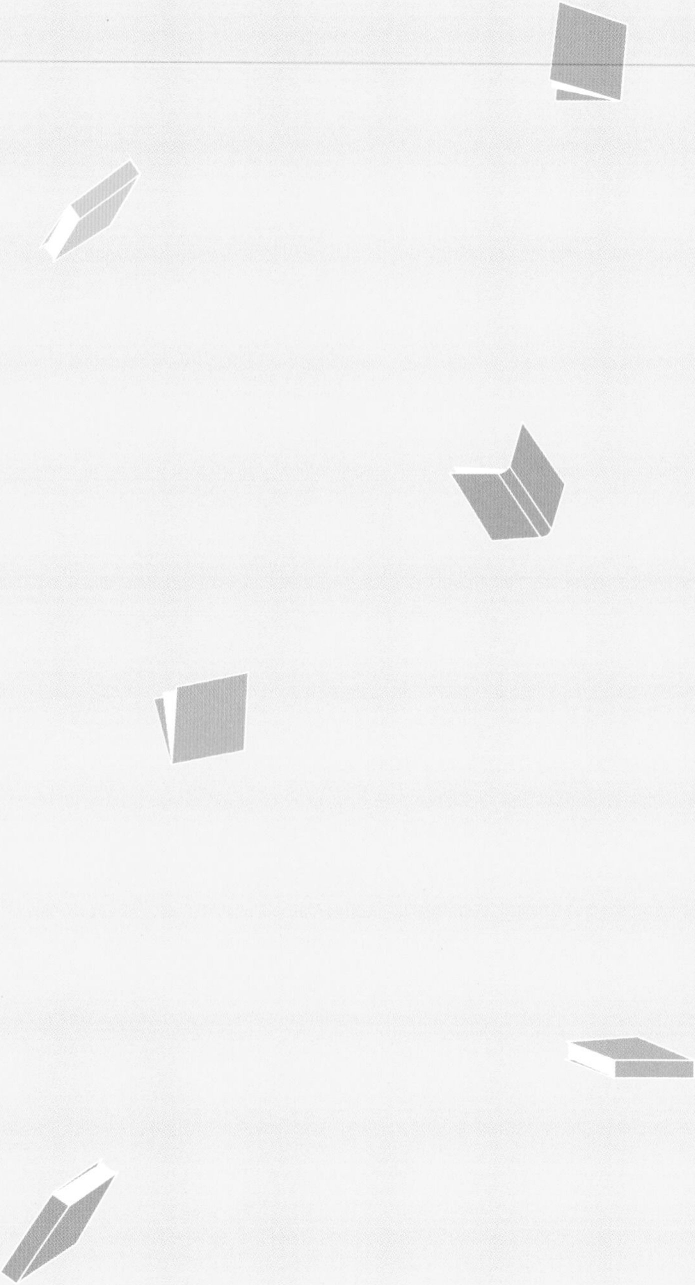

閱讀123

國家圖書館出版品預行編目資料

機器人宅急便. 1, 什麼都可以寄/ 郭瀞婷文 ;
摸摸傑夫圖. -- 第一版. --
臺北市 : 親子天下股份有限公司, 2022.07
120面 ; 14.8×21公分 (閱讀123系列; 92)
ISBN 978-626-305-229-1(平裝)
863.596　　111006163

機器人宅急便 1 什麼都可以寄

文｜郭瀞婷
圖｜摸摸傑夫 Momo Jeff

責任編輯｜陳毓書、謝宗穎
特約編輯｜許嘉諾
美術設計｜林子晴
行銷企劃｜林思妤

天下雜誌群創辦人｜殷允芃
董事長兼執行長｜何琦瑜
媒體暨產品事業群
總經理｜游玉雪
副總經理｜林彥傑
總編輯｜林欣靜
行銷總監｜林育菁
副總監｜蔡忠琦
版權主任｜何晨瑋、黃微真

出版者｜親子天下股份有限公司
地址｜台北市 104 建國北路一段 96 號 4 樓
電話｜（02）2509-2800　傳真｜（02）2509-2462
網址｜ www.parenting.com.tw
讀者服務專線｜（02）2662-0332　週一～週五：09:00~17:30
讀者服務傳真｜（02）2662-6048　客服信箱｜ parenting@cw.com.tw
法律顧問｜台英國際商務法律事務所・羅明通律師
製版印刷｜中原造像股份有限公司
總經銷｜大和圖書有限公司　電話：（02）8990-2588

出版日期｜ 2022 年 7 月第一版第一次印行
2024 年 6 月第一版第四次印行
定價｜ 300 元
書號｜ BKKCD154P
ISBN ｜ 978-626-305-229-1（平裝）

機器人宅急便

什麼都可以寄

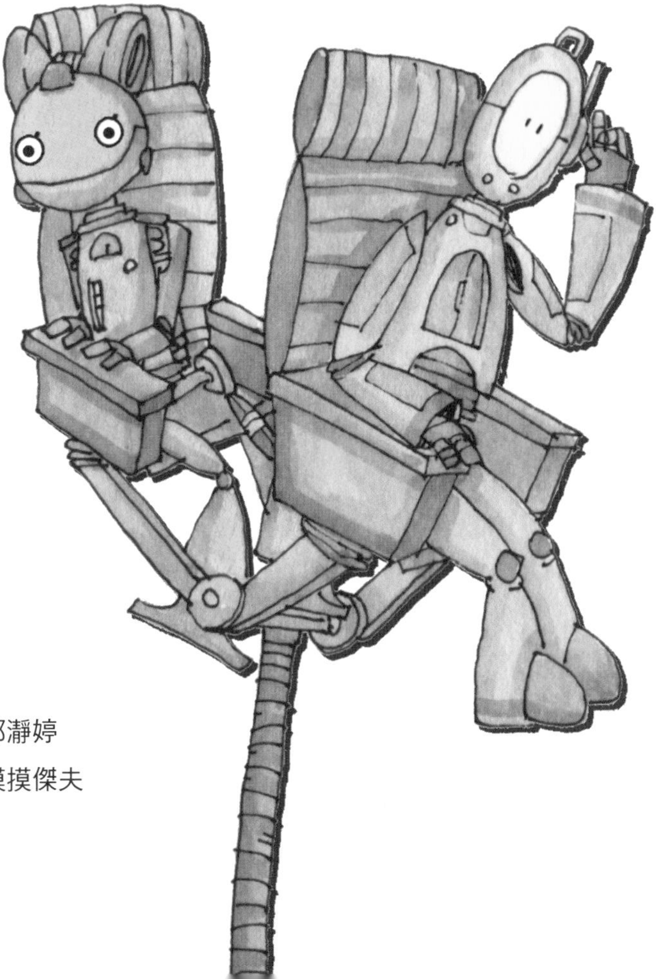

文 郭瀞婷

圖 摸摸傑夫

目錄

1 喜歡幫助人的機器人

在很久很久以前……不對，是很久很久「以後」，地球上除了人類和動物以外，又多了一個族群，就是機器人。

在西元二〇九九年，人類已經完全仰賴機器人完成各種事情，例如：搬運東西、開車、開飛機、在櫃臺收錢等。漸漸的，人類又發明了更聰明的機器人，來從事

更多工作。目前為止，人類已經發明到第十代機器人，

而且一代比一代還要厲害。

有一個叫做芭拉的機器人，她的外型很可愛，是倒數第六代的舊款機器人，型號是RBF529322。這種機器人的特徵是情感豐富，很會替別人著想，而且喜歡唱歌跳舞。

芭拉在一家宅急便當收貨人員。

「歡迎來到妙妙快速宅急便！我們有最快速的服務，最厲害的機器為您送貨！」

這是老闆規定她每天都要講好幾遍的口號。

可是，芭拉卻自作主張把口號改用唱的，並刻意把「便」這個尾字唱成抖音，還拉高八度。

客人都帶著微笑聽芭拉唱歌，還跟著節拍鼓掌！

但是，店裡卻有一個人不喜歡聽到芭拉的歌聲。

「芭拉！不准再唱了！動作快一點！」

是宅急便的老闆。大家都叫他妙妙老闆，而芭拉稱他為「大鼻孔老闆」——喔，她只能在心裡這麼叫，不敢讓他知道。

會這樣叫，是因為他太常挖鼻孔，所以鼻孔比一般人大了兩公分。

「我尊敬的老闆，」芭拉用了大鼻孔老闆規定的名稱，「請聽我說。寄一份心意到對方手中，是很溫馨的事。我們用唱歌的方式來快快樂樂接手，不是很棒嗎？」

「多唱一首歌的時間可以拿來多服務一位客人，懂嗎！」

大鼻孔老闆邊說邊抓頭頂上的一坨抓餅，這讓芭拉百思不得其解：到底為什麼頭上會有抓餅？

大概是大鼻孔老闆吃太多抓餅了？不過也不對啊，

他明明就沒有在芭拉面前吃任何抓餅啊？

大部分時間，大鼻孔老闆的手不是在抓頭上的抓餅，就是在從鼻孔裡挖出一顆顆小球球。

芭拉經常很好奇，老闆挖出來的小球球都跑到哪裡去了？

「我要寄這個給姐姐。」剛走進來的客人是個小女孩，她把一根吃了一半的棉花糖拿到芭拉面前。

「你要把你吃過的棉花糖寄給她？」芭拉很疑惑。

「嗯，我姐姐住在醫院，醫院很遠，要搭火車才能到。她生病住院以前，很喜歡跟我合吃一根棉花糖；我一口她一口，她說這樣比較好吃。」

聽完小女孩的話，芭拉有點感動。她抓抓左胸口，感覺癢癢的。

她特別找出一個透明盒子，把棉花糖固定在盒裡的一層厚黏土上，接著放進郵寄用的箱子中。

「這樣就不容易撞壞了！」

芭拉開心的打開額頭上的機關，立刻就有紅光在箱子上印出條碼。

小女孩看得目不轉睛，芭拉猜想，這一定是她第一次寄包裹。

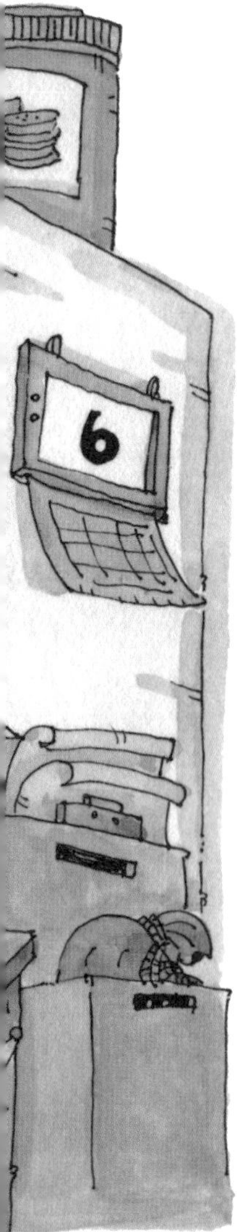

「我來表演用雷射光寫幾個字，讓送貨機器人知道要小心。」

芭拉敲敲頭殼，額頭射出一道藍光。她的頭隨著光線轉來轉去，箱上逐漸浮現「易碎品」三個字。

小女孩覺得很有趣，笑得合不攏嘴。「你剛剛抓癢的位置，我媽媽說過那裡是心臟。你的心臟癢癢的嗎？」

「喔，我是機器人，沒有心臟！」芭拉回答，「只是每一次想幫助客人的時候，左胸口都會很癢，呵呵。」

小女孩離開後，芭拉突然感覺到一陣冷風從脖子後方吹過……

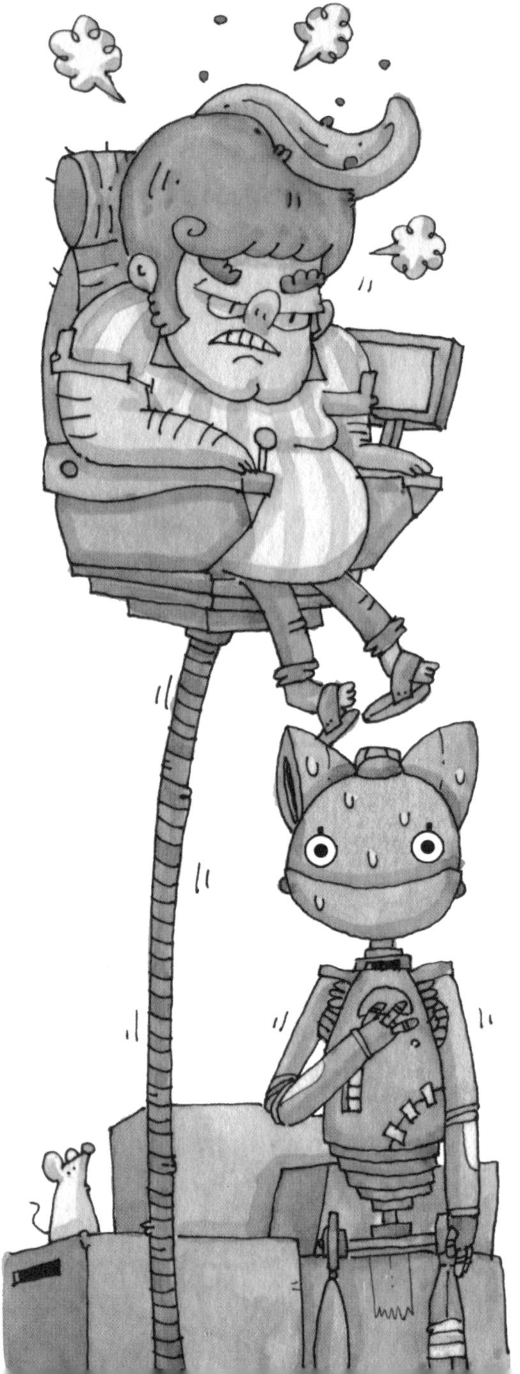

「芭拉，那個客人有付盒子和雷射印字的錢嗎？」

是大鼻孔老闆。他坐著椅子從辦公室滑出來，一手挖著鼻孔，一手指向地上的機油，意思是提醒芭拉：一旦她少收錢，就沒有錢買機油給她喝！

人類需要食物才能生活，而機器人需要的是機油。芭拉曾經試著少喝一點機油，替老闆省錢；可是她每次少喝一罐，就會當機好幾次，讓大鼻孔老闆更生氣。

芭拉想告訴大鼻孔老闆，有時候多花一點時間幫助客人，才是真正的服務。她鼓起勇氣走進大鼻孔老闆的辦公室，又看到他在邊挖鼻孔邊打電動。

「老闆，我覺得應該要……」

沒等她講完，他立刻搖頭，發出「嘖嘖嘖嘖」的聲音。芭拉知道那代表「不要囉嗦」。

大鼻孔老闆「嘖」完沒多久，就有個機器人突然飛進了店裡——

2 最新型的機器人

——是郵差機器人。他搬了一個大箱子進來。

「請在這裡簽名，還有這裡和那裡。」

大鼻孔老闆的眼珠子上下滾動，觀察著郵差機器人。

「你就是最新型的機器人？」

郵差機器人點點頭，他快速拿回簽單後，腳底噴出兩道火柱，「噗——」的一聲飛走了。

「嗯……嗯……」大鼻孔老闆拚命點頭，「這個型號很不錯，動作又快又不囉嗦……」

一講到「囉嗦」兩個字，大鼻孔老闆又把眼珠子望向芭拉，然後搖搖頭，再次發出「嘖嘖嘖嘖嘖」的聲音。

接著，他把箱子打開，臉上露出宇宙大爆炸以來第一次出現的稀有表情。

芭拉終於知道為什麼大鼻孔老闆都不笑……因為他笑起來的時候，鼻孔看起來又大了一公分！

箱裡站著一個又高又大的機器人，全身的鋼鐵又滑又亮，還散發出一股電的味道。

芭拉有點害怕，她躲在箱子後面，「請問……這是什麼型號的機器人啊？」

「他跟剛剛那個郵差機器人一樣，是最新一代的機器人！型號RBM530480，動作比你快十倍，力氣比你大二十倍，不但會組裝機器、偵查壞掉的東西，還會主動修理。重點是……他不囉嗦！」

大鼻孔老闆把機器人肚子上的小門打開，裡面密密麻麻的全都是工具，不同顏色的光閃來閃去，看起來很複雜。

他把鼻孔裡的手指抽出來，抓一抓頭上的抓餅，看起來十分滿意。

芭拉突然恍然大悟：原來大鼻孔老闆挖出來的小球球，都藏在頭上的抓餅裡！

大鼻孔老闆替新的機器人取名叫「比利」。

比利的工作效率超高，大鼻孔老闆才把他組裝好，他的眼睛就發出兩道紫光，左右掃射，並把自己的肚子打開，將兩手換成電鑽和雷射切割器。接著，比利把店裡的手推車拉到店後方，只聽後方發出「鏗鏘、鏗鏘」的聲音，並冒出好多藍色和紅色的火花。

「好了。」比利把重新改裝好的手推車搬進來。

芭拉的眼睛眨個不停，不敢相信比利居然把破舊的手推車，變成全新的樣子。

優秀

新的手推車裝了兩個會噴火的小管子，只要按下按鈕，馬上就會像火箭一樣咻咻咻的飛到倉庫！

「這樣一來，我就可以收更多包裹，賺更多錢囉！」

大鼻孔老闆說完後，拿出一個透明的遙控器按來按去，像一隻短腿臘腸狗一樣，開心的在原地蹦跳；又像松鼠一樣，一溜煙跑出去。

原來，大鼻孔老闆把招牌「妙妙快速宅急便」改成了「快快快速宅急便」。

「我要寄這個給我兒子。」

接著走進店的，是一位拿著光劍拐杖的老爺爺，他的包裹上面一片空白，沒有任何字。

「老爺爺，您沒有寫地址，也沒有收件人的名字。」

「喔，我忘了。我來找找……」

老爺爺慌張的收起光劍拐杖，試著打開背包，卻連拉拉鍊都十分吃力。

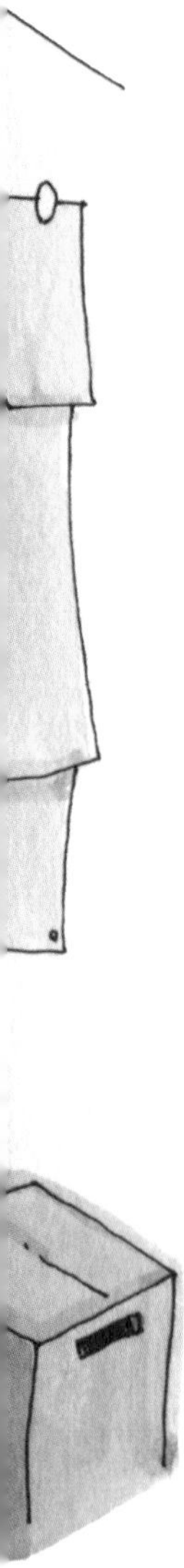

芭拉搔搔胸口，看到大鼻孔老闆在櫃臺旁的辦公室裡數錢。她決定先支開比利。

「比利，你可以去幫我檢查庫房裡所有的包裹嗎？」

芭拉對比利半鞠躬。

比利看看埋頭找地址的老爺爺，猜到芭拉大概又忍不住要幫客人，於是就答應她，轉身進到櫃臺後方的庫房。

芭拉拿走老爺爺的電子卡，並按下卡上的按鈕，空中立刻浮出老爺爺所儲存的所有地址和相關資訊。芭拉幫老爺爺填上兒子的資料。

沒想到一陣冷風又傳到芭拉身後。

「芭拉！你叫比利做了什麼？」

芭拉趕緊請老爺爺先回去，並進到庫房。她看到大鼻孔老闆正瞪著比利，一手手指深深埋進鼻孔。

庫房裡的每樣包裹都被比利拆開，弄得亂七八糟。比利好像不知道自己就要被罵了。

「喔，我偵測到箱子裡的很多東西都需要修理，有些也需要改良……」

他邊說邊拿起一張紙。

「這封信上寫說要把畫作寄給阿姨，但畫中的人手都一長一短，腳一粗一細，完全不對稱。不過沒關係，我已經改好了，這樣才是真正的好畫作。」

芭拉忍不住大笑。一旁的大鼻孔老闆氣得把鼻孔撐大到可以裝進兩顆草莓，而且是兩顆正在冒煙的草莓。

「你們兩個……」大鼻孔老闆跳上椅子，頭上的抓餅飛到空中，「我之所以雇用機器人，就是為了要快點完成收貨和送貨！但是現在完全相反！你們兩個被解僱了，不准再待在我的店裡！」

說完，比利和芭拉就被大鼻孔老闆踢出店外。

3 什麼都可以寄

芭拉看著被老闆關上的門，忍不住哭了。

比利打開手臂上的一個小門，拿出迷你吹風機幫芭拉吹乾眼淚，再用雙眼掃描芭拉身上的條碼。

「你的型號需要每天喝兩罐機油、充電六小時。你三小時前才喝了第二罐，電池還剩下百分之七十三，可以再撐一陣子。」

6小時
73%

芭拉破涕為笑，她才不是在擔心機油和電池的問題呢！

「對了，」比利問：「為什麼老闆要這麼生氣呢？我把畫壞的畫作修好，有什麼錯啊？」

「因為我們不能擅自打開客人的包裹啊。」芭拉看著比利，歪著頭微笑，「而且，發自內心做出來的作品，遠比做得好不好來得重要！」

這時，一臺寫著「機器人回收工廠」的大卡車停在他們面前。

「我們現在要回工廠嗎？」比利一頭霧水。

「嗯，一旦機器人被雇主解僱，就只有兩個選擇：一、回收到工廠，讓工廠組裝成新的機器人。二、自己開業，但要以服務人類為目的……」

聽完芭拉的說明，比利便乖乖飛進卡車。

芭拉看著卡車裡裝著的好多機器人，想到自己即將要被拆解、重組，便有點難過。

這時，芭拉突然有了另一個想法。

「比利，」芭拉跑到車窗前，「我相信人類不只需要『快快快』，不如我們一起開一間不一樣的宅急便？」

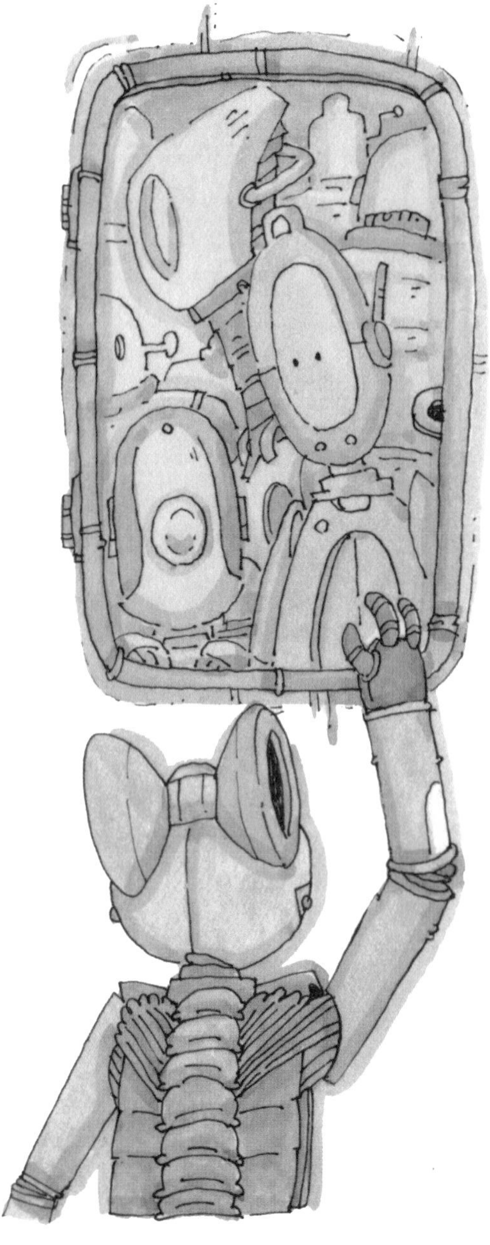

比利沒有出來。卡車慢慢開動，眼看就要離芭拉越來越遠。芭拉不會飛，只好按下嘴巴旁邊的擴音按鈕：

「比利！難道你不想幫助更多人嗎？」

比利突然從後車廂飛出來，降落在芭拉面前。

「那我們的宅急便要叫什麼？」

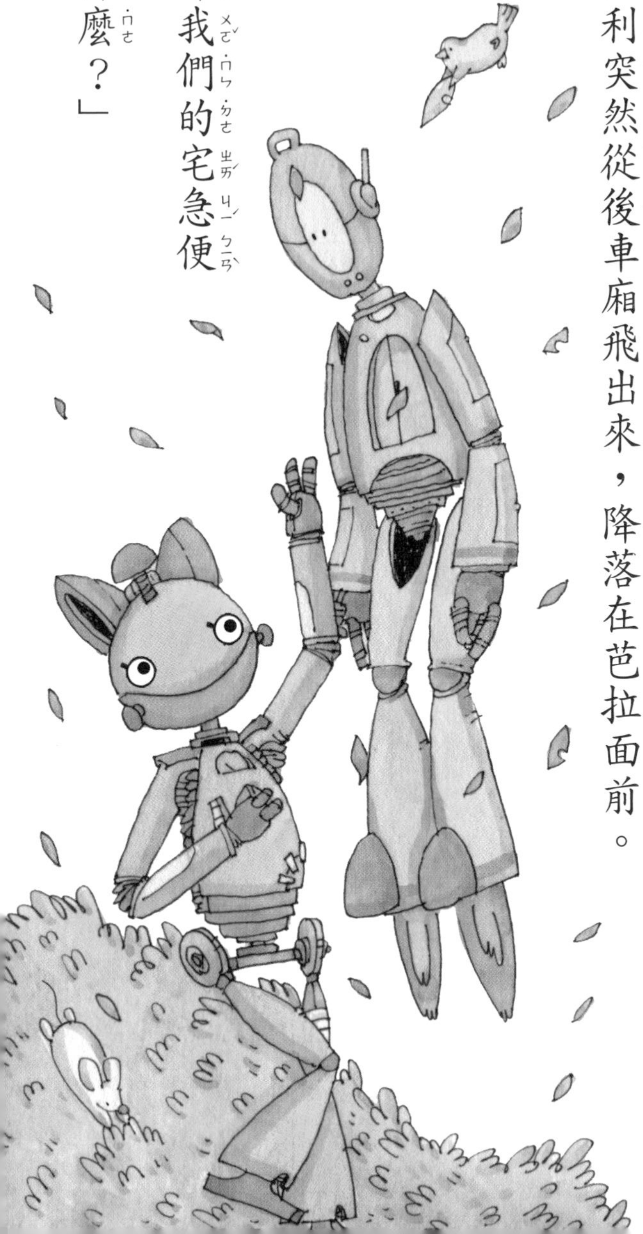

今天是「什麼都可以寄宅急便」第一天開張。宅急便上上下下都是比利用廢鐵和不要的木頭所打造，雖然外觀不像其他宅急便一樣嶄新美麗，但許多人都會在經過時停下來欣賞。

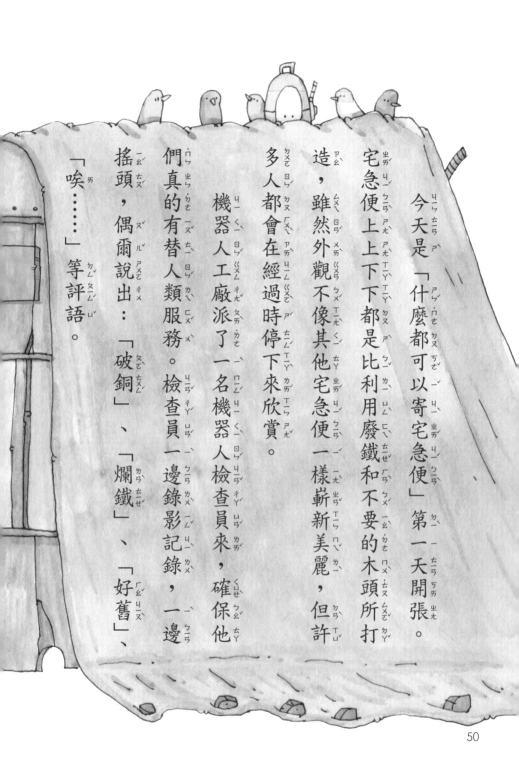

機器人工廠派了一名機器人檢查員來，確保他們真的有替人類服務。檢查員一邊錄影記錄，一邊搖頭，偶爾說出：「破銅」、「爛鐵」、「好舊」、「唉……」等評語。

「我很懷疑你們可以經營得下去。」這是機器人檢查員的結論。

「那可不一定！」芭拉很有信心，「人類需要的是『用心』，這就是我們店的特色。」

機器人檢查員打開頭上的門，把錄影機丟進裡面。

比利突然激動起來，「你是什麼型號的機器人？為什麼可以在頭裡放東西？」

比利按下按鈕，準備開始掃描。

「比利！」芭拉趕緊擋住比利，「我已經想好店裡的歡迎歌了，要不要聽？」

她唱出練了好幾十遍的歌曲，外加一段霹靂舞。只是，她唱完以後，窗外的鳥兒都突然飛走了。比利甚至看到有松鼠將咬過的榛果砸在窗戶上。

檢查員看完芭拉的表演，面無表情的說：「哇！」

接著，他又下了另一個結論：「看來幾個月後，我就會再來把你們帶回工廠。」

機器人檢查員一離開，芭拉馬上向比利解釋：「比利！你不可以隨便掃描機器人，這樣很不禮貌！他以前是一臺洗衣機，是被送回工廠、重新組裝後，才變成現在這個樣子。」

「你怎麼知道？」

「因為大鼻孔老闆以前也有一臺洗衣機，長得跟他一模一樣。」芭拉走到比利身邊，「大部分的機器人都不想被別人知道，他們曾經是被丟棄的物品。」

雖然比利聽不太懂，但他現在更了解芭拉：她不但喜歡幫助人類，也很同情機器人。

為了讓「什麼都可以寄宅急便」有更好的服務，比利把在街上撿到的購物車重新組裝，變成一臺非常酷的飛天快遞噴射機。

「比利，」芭拉看著他說：「你不要一天到晚在門口修東西，偶爾也要出門欣賞風景，看看葉子飄落，鳥兒唱歌，心情會很好喔！」

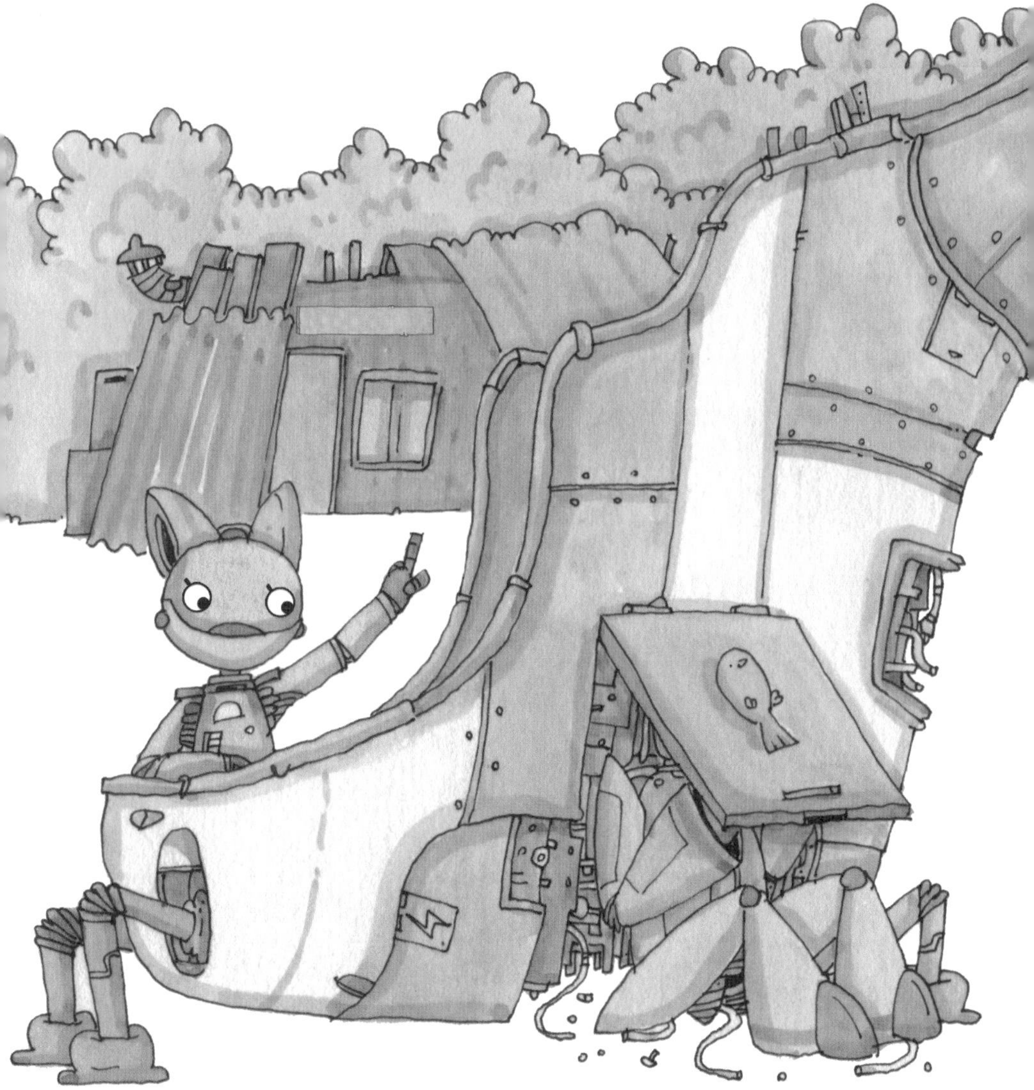

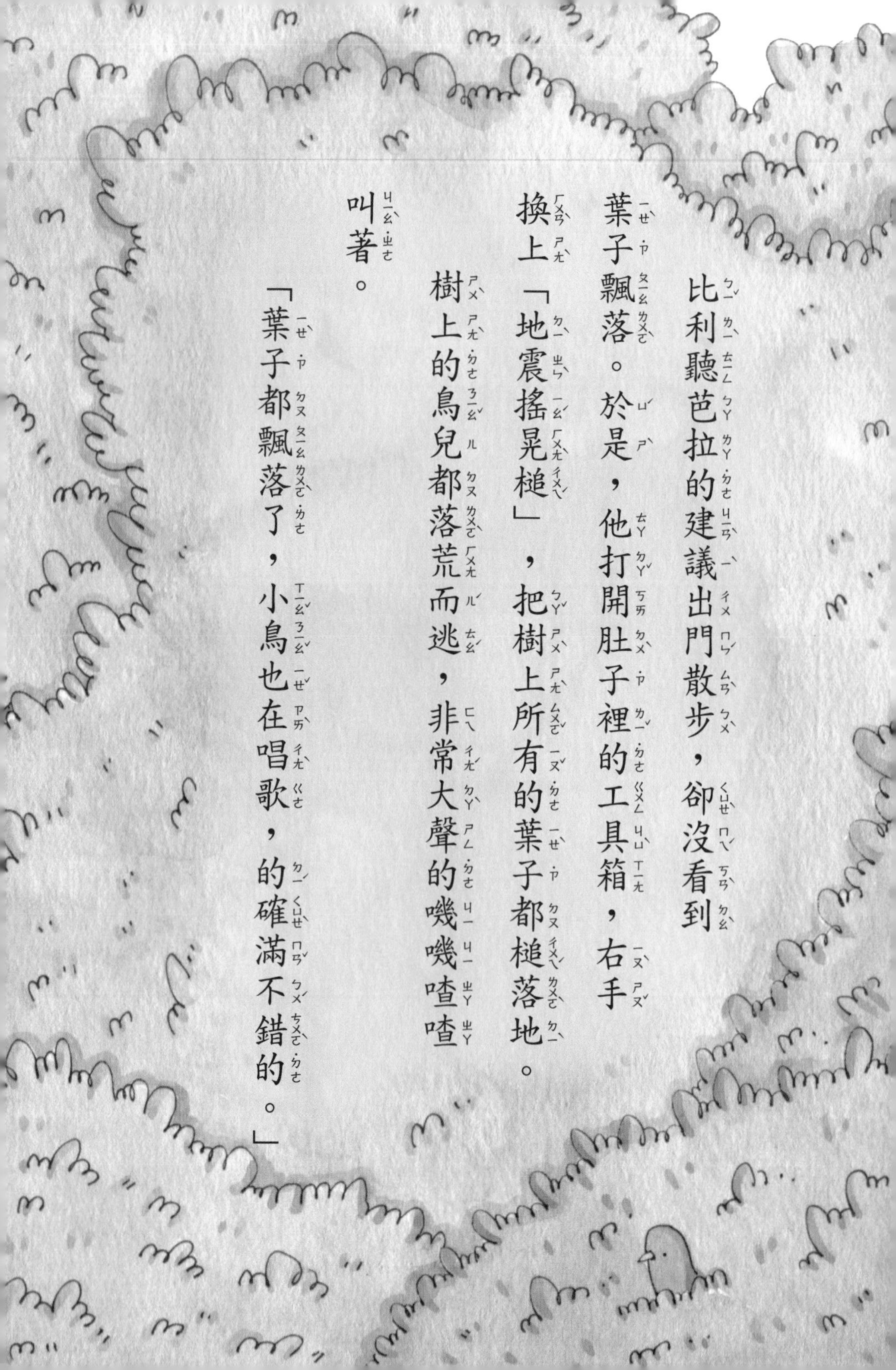

比利聽芭拉的建議出門散步，卻沒看到葉子飄落。於是，他打開肚子裡的工具箱，右手換上「地震搖晃槌」，把樹上所有的葉子都槌落地。樹上的鳥兒都落荒而逃，非常大聲的嘰嘰喳喳叫著。

「葉子都飄落了，小鳥也在唱歌，的確滿不錯的。」

4 第一個客人

比利回到門口繼續改良飛天快遞噴射機，卻看到一個小男孩拉著手推車，上面放著一個很大的、正在滴水的袋子。

小男孩看看袋子，朝店門口前進兩步，又後退三步。

「如果你向前兩步，又後退三步，是永遠走不到的。」比利好心的說，「而且如果一直後退，就會踩到馬路上那坨狗大便。」

他猜，這個小男孩可能搞不清楚這道數學題。

小男孩回頭一看，果然路中間有一坨狗大便，可是明明就離他很遠。

「如果你一定要後退，」比利說，「我的建議是往前走三步，後退兩步，這樣就可以走進店裡了。」

小男孩看著一臉正經的比利，笑了出來。

比利覺得他好奇怪，這麼好的建議，有什麼好

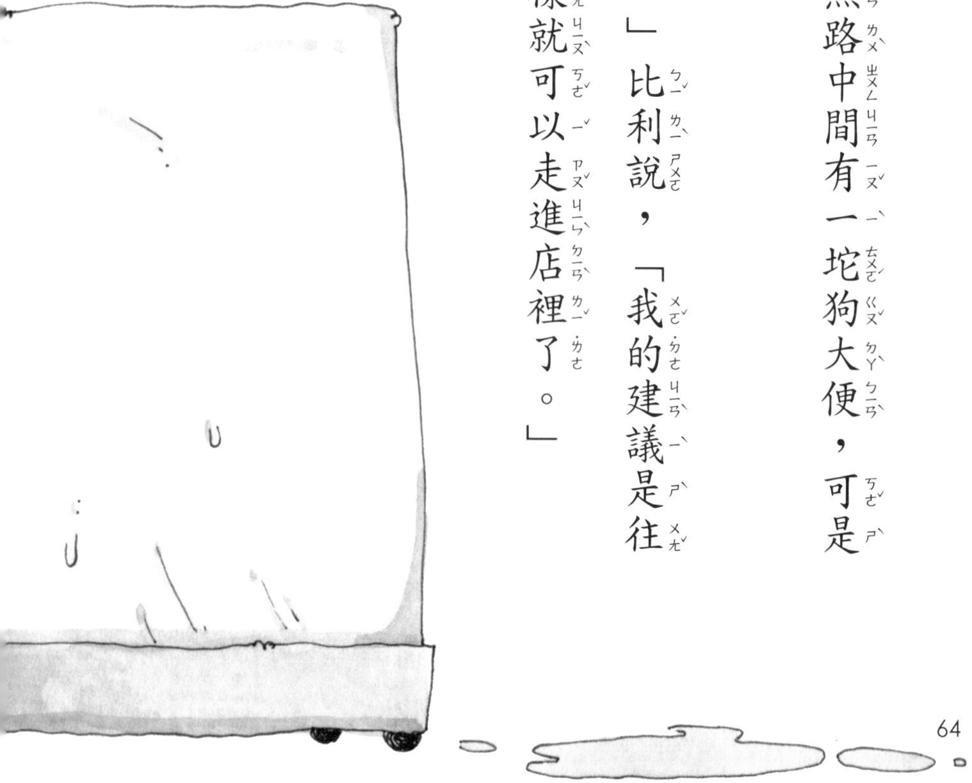

笑的呢？

「歡迎來到什麼都可以寄宅急便！」

芭拉一聽到門外有說話聲，就興奮的跑到店外。

芭拉唱出五音不全的歡迎歌，逗得小男孩笑個不停。他像是吸了一口快樂空氣，整個人都輕鬆了起來。

「我叫做瑞瑞，聽說你們這裡什麼東西都可以寄。我想要寄一個東西，但是沒有一家宅急便肯收。」小男孩聽起來有點生氣，又有一點點失望。

芭拉抓抓胸口。

「瑞瑞你好，我們這家『什麼都可以寄宅急便』跟別的宅急便不一樣。只要你有東西要寄，有心意要傳達，不管多困難，我們都會想辦法達成！」

瑞瑞把推車上的大袋子拉開，裡頭裝著一個很大很大的冰塊。

「我想把這個大冰塊寄到北極，給住在那邊的北極熊。」

芭拉張開嘴，驚訝的合不起來。

瑞瑞解釋，「老師說，這幾年來，地球變得很熱很熱，北極的冰層都融化了，讓北極熊都快絕種了。你知道嗎，北極熊需要在海冰上休息，如果沒有海冰，牠們會游泳游得很辛苦，就會死掉。」

瑞瑞以為比利和芭拉會笑他，會告訴他不可能寄冰塊，會叫他不要擋住後面排隊的客人……

但是他們沒有這麼做。

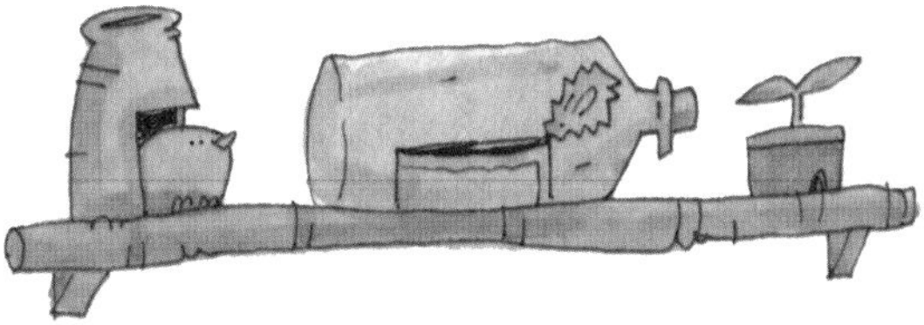

小男孩後面根本沒有客人，所以也不用趕他。

「我很想自己送去，但是媽媽不准，她說那裡太冷了。」

「交給我們吧！」芭拉很有信心，「我們會把冰塊送到北極！」

瑞瑞高興的把口袋裡的零錢拿給芭拉。

「謝謝你們！」

瑞瑞離開後，芭拉看到比利頭上冒出一個個光圈，沒幾秒後又漸漸消失。

「不行……」

「我查了一下，現在北極剩下不到三十隻北極熊，如果真的要對牠們有幫助，起碼要好幾萬噸這樣大小的冰塊……」

「這不是重點！」芭拉激動的說，「人類的關懷就像一棵小樹，只要有養分灌溉，就會越長越大，並且去關懷更多人。瑞瑞的冰塊雖然只有一塊，但如果我們能幫他達成願望，他長大後，就會有更多的信心和能力去完成更大的願望！」

芭拉不管三七二十一，抓起冰塊，跳上飛天快遞噴射機。

比利瞪著冰塊，心想：「既然芭拉這麼堅持，而且只是把冰塊送到北極，那有什麼難的？」於是，他坐上駕駛座，對芭拉說：「好吧！

就讓你見識一下我親手打造的噴射機。」

噴射機在天空中搖搖晃晃，冰塊也隨著搖晃，一下滑到左邊，一下滑到右邊。幸好，比利早就在機艙加上冷凍庫設備，所以冰塊完好無傷，沒有融化。

「到了！」比利將噴射機停在半空，原本「空隆空隆」響的噴射機，改發出「劈劈啪啪」的巨響。

「等我一下。」比利打開機頂上的小門，兩人的座位往上伸到高空中。

「哇——」芭拉不敢相信，「我從來沒有去過空中，更沒有親眼見過一望無際都是海和冰山的地方。這裡一點聲音都沒有。哎呀，我這樣講話會不會吵到北極熊？」

「當然不會，但如果你唱歌就很難說了。」

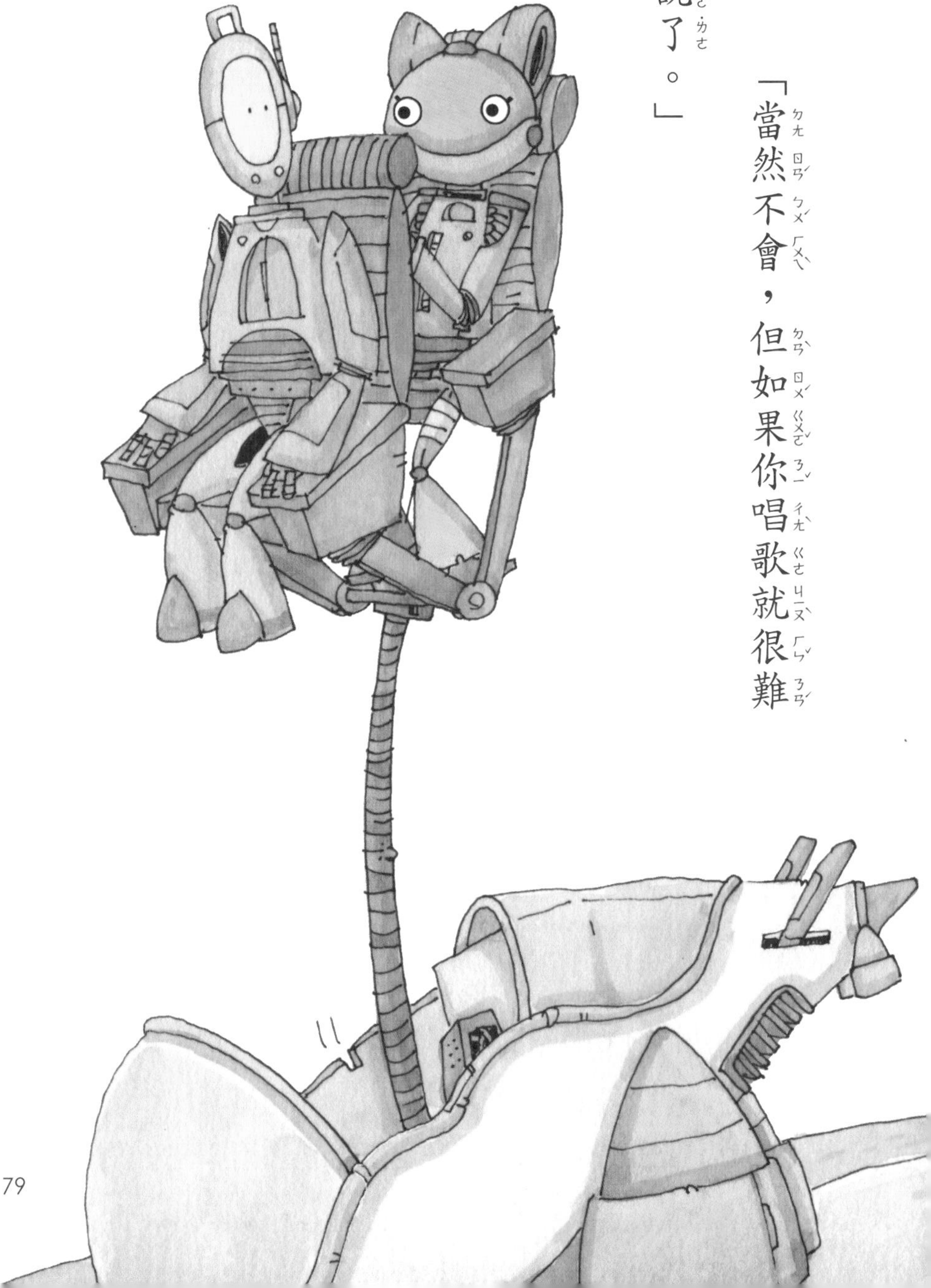

比利按下眼睛旁的按鈕，用黃色的光掃射海底。

「這個是透視光，」比利說，「可以偵測到海面下一千萬公尺的生物——測到了！這裡的水下有幾隻北極熊正在抓魚，牠們應該會需要冰塊休息。」

「謝謝你，
比利。有你真
好！」芭拉對
著比利微笑。

5 驚險任務

芭拉和比利合力抬出冰塊。他們攀在繩梯上，慢慢的降落，打算把瑞瑞的冰塊放到海中，讓冰塊浮在海面上。

「我……我不敢往下看。」芭拉發現自己很怕高，「比利，我要閉著眼睛，快到了再跟我說喔！」

比利有點好奇，「你到過最高的地方是哪裡啊？」

「就是宅急便的二樓。機器人是沒有休假的，所以我哪裡都沒去過。」

比利雖然也沒有去過很多地方，但他的腦裡儲存了上千萬張照片、地圖和影像，所以他知道地球上有著各式各樣的奇景，也了解每一種自然景觀的奧妙之處，就像曾親身去過這些地方一樣。

繩梯緩緩降落，比利看到遠方有一大群海鷗正快速飛向他們。

「小心，芭拉！」比利大叫。

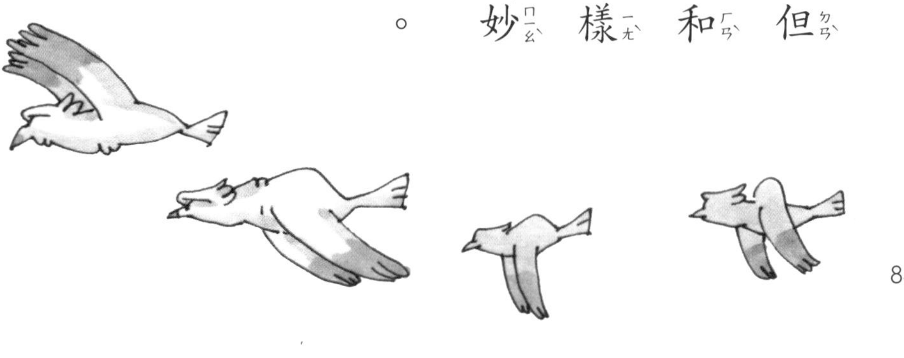

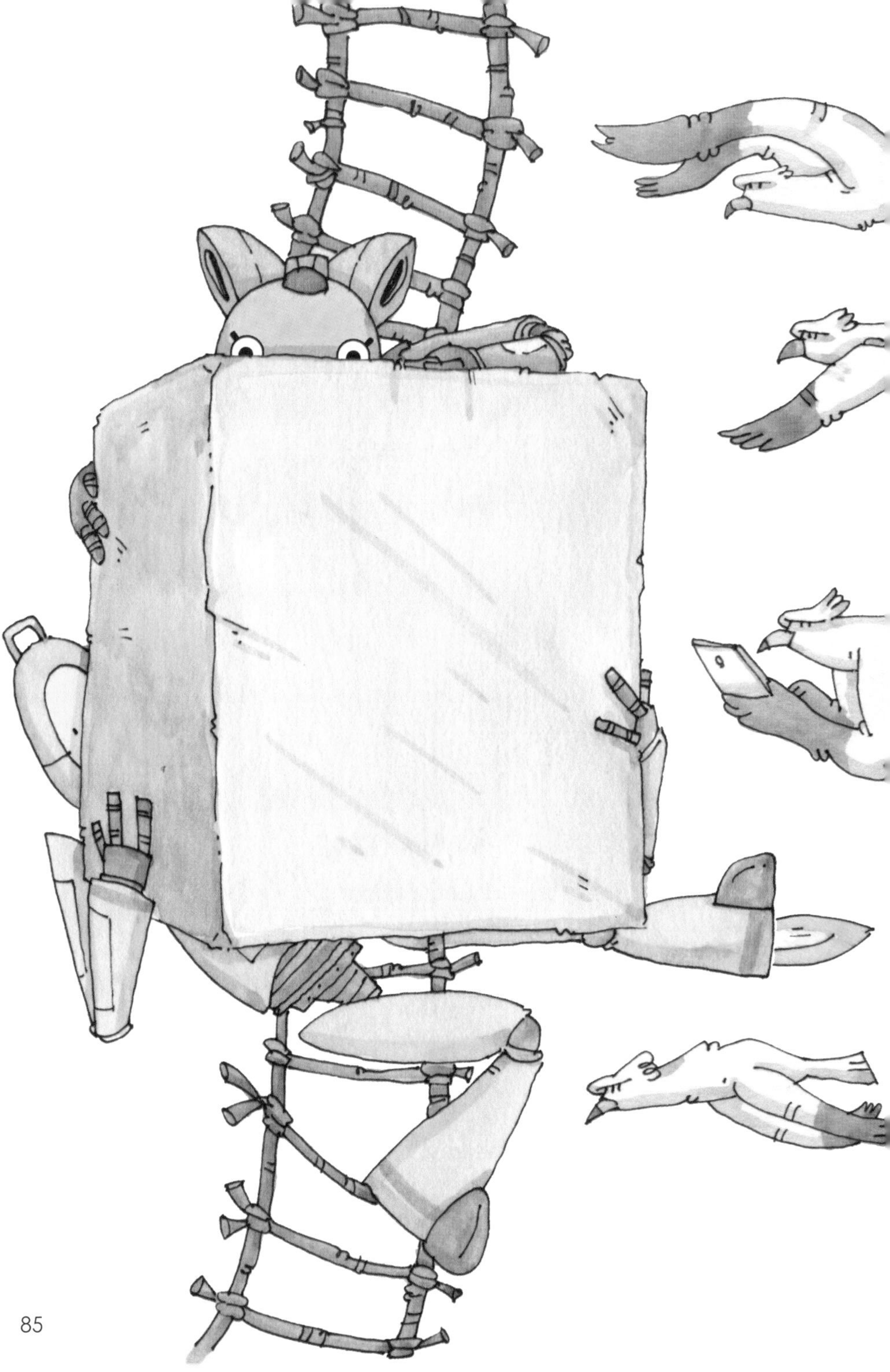

來不及了。有好幾隻海鷗直接撞上繩梯，嚇得芭拉不停尖叫。

比利看到繩梯開始鬆散，發出「啪啪、啪啪」的斷裂聲。他知道芭拉不會飛，一旦繩梯斷掉，她就會墜入海中。

果然，繩梯「啪啦」一聲，像綑斷掉的稻草，漸漸鬆開……

「怎麼辦——」

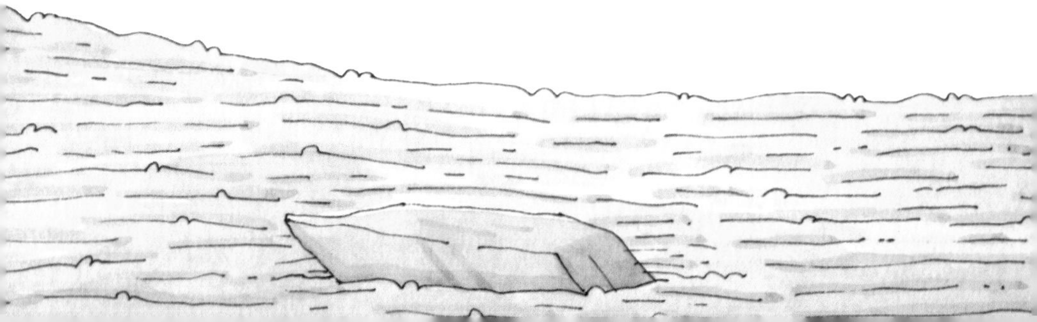

整個北極都聽得到芭拉的尖叫聲。

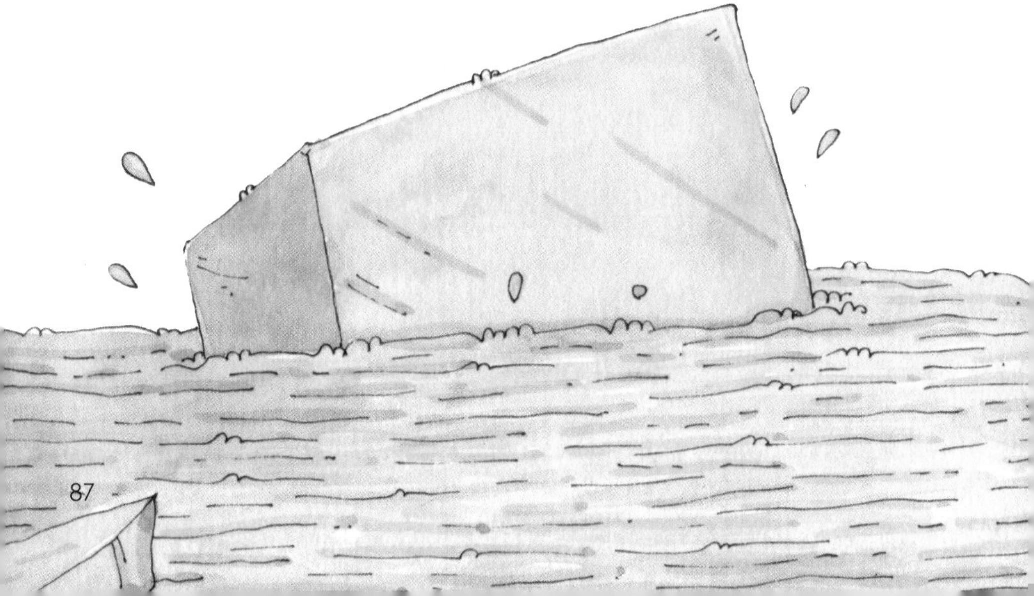

比利的腳底噴出火焰，他試著飛起來，卻被繩梯纏住。

「不，我的手被卡住了！」

芭拉像吊單槓一樣晃動身體，想用另一隻手幫比利掙脫，可是她一直勾不到比利的手。

「根據我的計算，你的手長沒辦法勾到我的手。」

「那還有別的方法嗎？」芭拉很著急。

比利將身上的八顆偵測器都打開，開始偵測繩梯的角度和斷掉的速度。

「芭拉，有另一個不好的消息……」

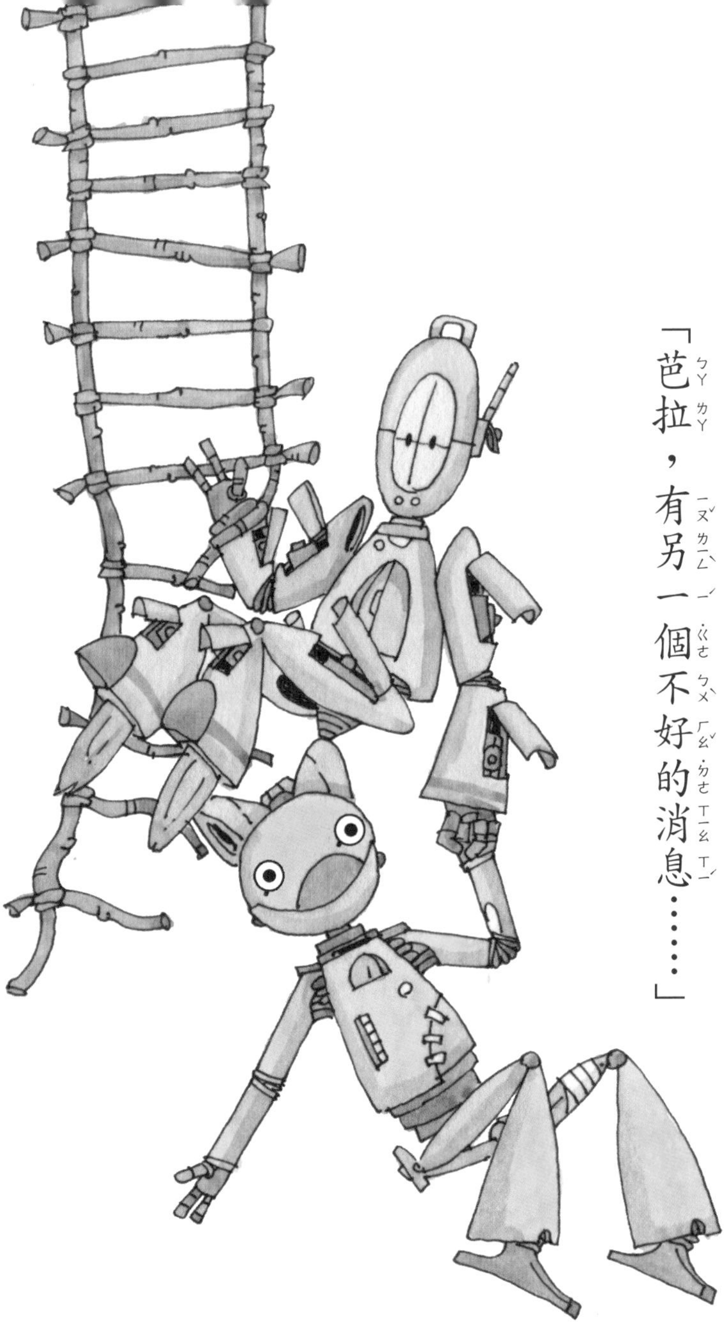

「我偵測到有個非常強烈的暴風雪正快速往我們的方向過來……」

比利的雙眼突然轉回到芭拉身上，同時開始偵測。

「芭拉，你身上有警燈裝置，趕快開啟肚子上的求救信號！」

「可是這裡又沒有人，誰會看到警燈呢？」芭拉顫抖著聲音，按下肚子上的開關。這是她第一次打開警燈。

「因為——」比利還沒來得及回答，一陣狂風就呼嘯而過，大得他睜不開眼睛。
繩梯發出「啪啦啪啦」的聲音……

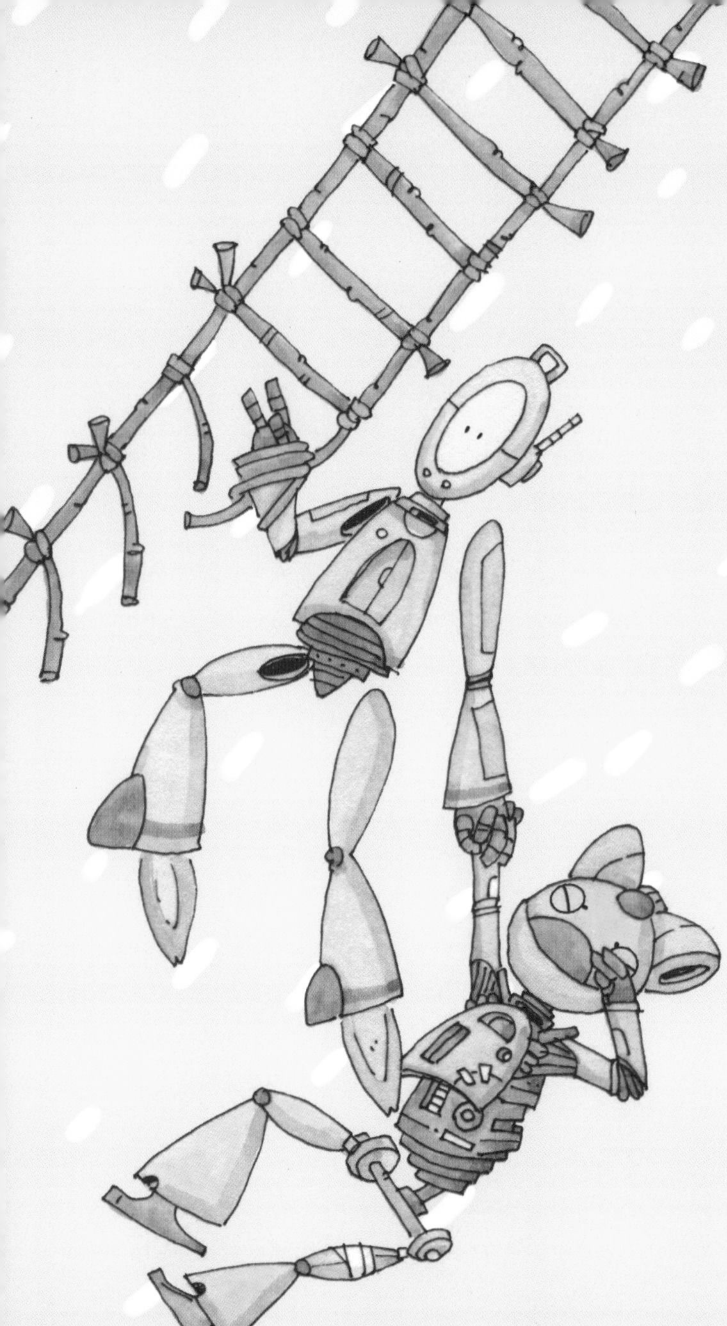

他們跟著繩梯一起落入海中。海面掀起巨大的浪花，把他們兩個捲進了更深的海裡。

幸運的是，比利立刻浮出了海面，他的手還緊抓著芭拉的手，這樣至少代表芭拉平安無事。

「幸好我有抓住你的手，因為你的型號不能進海裡，否則……」

一回頭，比利才發現自己真的只抓住了芭拉的一隻手。

比利馬上把自己調整為潛水模式，潛進海裡。

他的雙眼變得像潛水艇的探照燈一樣，可以照得很遠、很深，背部兩側則冒出潛水用的加速器，腳上也有水中渦旋器，所以他游得比魚還要快！

比利一邊尋找芭拉的蹤影，一邊在腦裡搜尋芭拉這種舊型號機器人的資料。

比利加快速度前進，終於在珊瑚間看到微弱的紅光。

那是芭拉掉進海裡前按下的警燈。

比利飛快的往紅光的方向游，並用最快的速度將芭拉拉上地面。

「芭拉！芭拉！醒醒！」

芭拉的眼睛稍微張開了一下，又馬上閉上。

比利用雙眼偵測芭拉全身，發現她不只是失去了一隻手，雙腳也被凍壞，連語言能力都受損了。

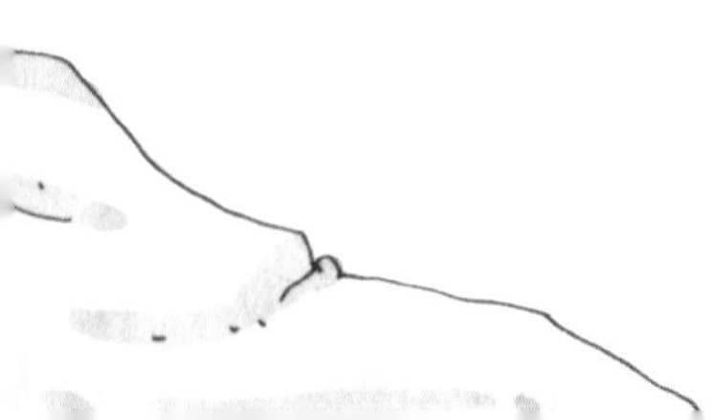

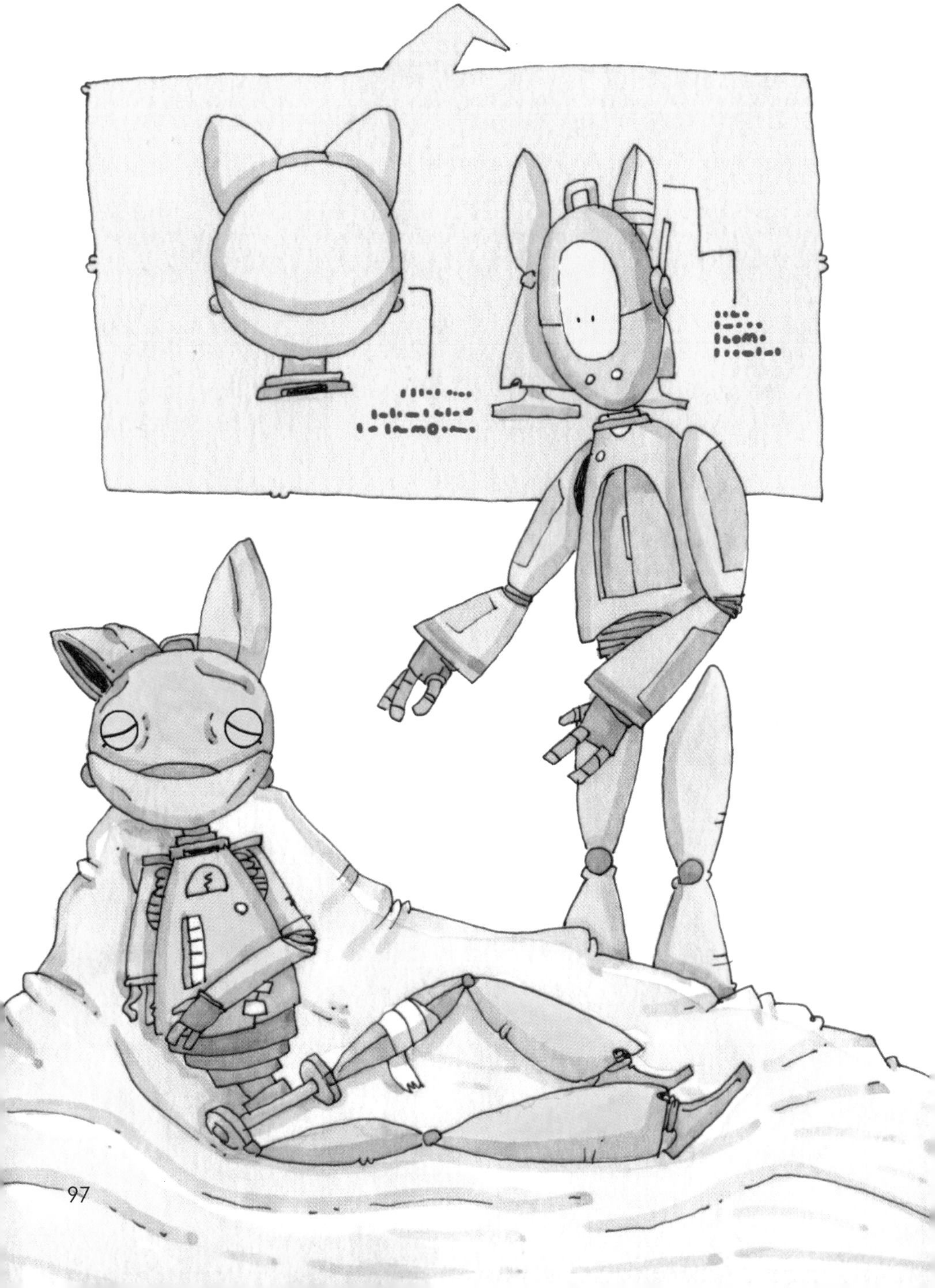

比利打開腳底的火柱，飛上半空，試圖溫暖芭拉的雙腳。可是雪地實在太冷了，比利的辦法一點用都沒有。

「沒關係，我們趕緊回去店裡！只要喝點機油，你一定會慢慢好起來。」

芭拉突然睜開雙眼，頭轉向海洋。她看到一隻大北極熊背著一隻小北極熊，爬到瑞瑞送的冰塊上休息。

芭拉雖然虛弱，卻還是擠出了笑容。

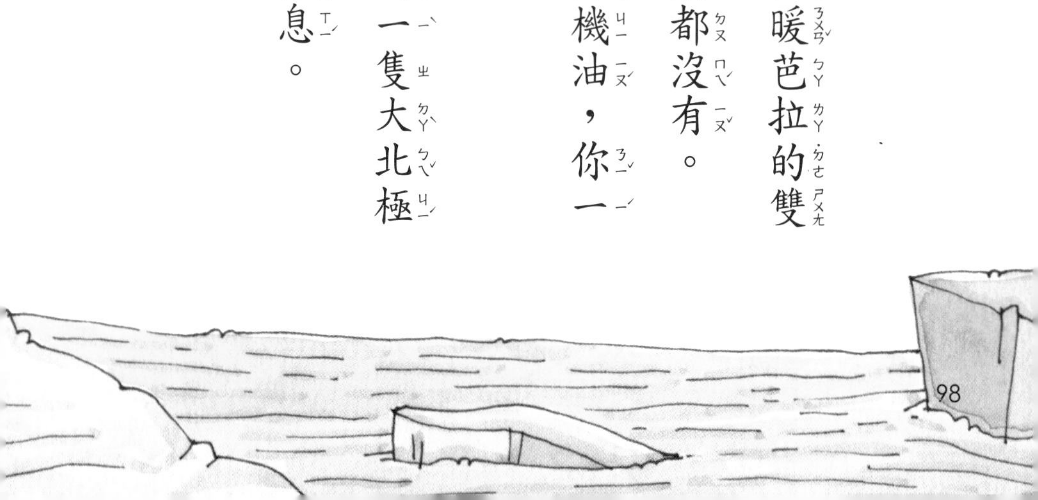

比利突然感到有點難過，
他很想念芭拉五音不全的歌聲。

「滷蝦……」芭拉的聲音
很微弱。

「滷蝦？你要吃滷蝦？」

芭拉搖了搖頭，「滷……
蝦……賴……」

比利拼湊這幾個字的各種可能，終於猜到芭拉要說什麼。

「錄下來？你想要錄影給瑞瑞看，讓他知道冰塊已經順利送達，而且真的幫助了北極熊，是嗎？」

芭拉點點頭。

「我們早就已經達成任務了！」比利很著急，「現在最重要的是趕快把你送回溫暖的地方，好好替你維修。」

芭拉用盡全身力氣，搖了搖頭。

比利嘆口氣，按下眼睛旁的錄影按鈕。

芭拉疲憊的笑了，看起來很滿足，「謝謝。」

●REC

6 大排長龍的宅急便

回到店裡以後，比利趕緊將機油灌進芭拉嘴裡，還將芭拉被撞壞的頭殼和線路全都修好。

比利在拆開芭拉的身體時，發現她左胸口的盒子上有一個圖案，他用眼睛照下來給芭拉看。

「要我把它塗掉嗎？」比利問。

「不要。」芭拉看得很入迷，「我好喜歡這個圖案。雖然不知道是誰畫的，但這就是我的心臟。」

比利想修好芭拉斷掉的手臂，但偏偏那隻手已經凍壞，零件都受損了，他只好暫時先用別的東西替代。

「原來這個東西是用來爬牆的！」他們今天終於知道了！

芭拉也將比利錄的影片放給瑞瑞看，瑞瑞很感動。

「你的手為什麼會變成這樣？」

比利本來想要告訴瑞瑞原因，但被芭拉阻止了。

「你不覺得很酷嗎？」芭拉問瑞瑞。

瑞瑞點點頭。他看著得意的芭拉，沒有跟她說那是馬桶疏通器，只是一直大笑。

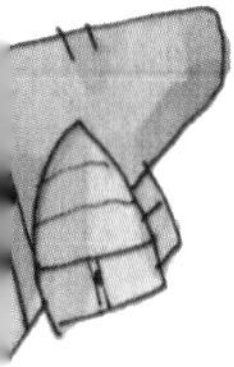

過了一周，「什麼都可以寄宅急便」的門口排滿了人！每一個人都推著要寄給北極熊的大冰塊。

原來瑞瑞將影片傳給學校的同學和老師，大家看了都想要盡一分力。

「我覺得你說得一點都沒錯！」正忙著發動噴射機的比利說。

「我說了什麼？」

「人類的關懷就像一棵小樹，只要有養分灌溉，就會越長越大，進而去關懷更多人。」

芭拉開心的對著街上的路人大喊：「我們這裡是『什麼都可以寄宅急便』，只要你有東西要寄，有心意要傳達，我們全都會送到！」

為了慶祝「什麼都可以寄宅急便」順利完成第一位客人的任務，瑞瑞、芭拉和比利一起拍了一張照片當作紀念！

沒有人注意到正躲在窗外的大鼻孔老闆。

「哼！看來我得要好好想個辦法，不讓他們繼續得意。嘖嘖嘖嘖嘖……」

動手做
什麼都可以寄 宅急便櫃臺

請你準備色筆、剪刀、美工刀和黏膠，為芭拉和比利設計並打造一張能吸引到更多客人的收貨櫃臺吧！

1 用剪刀剪下左邊的拉頁，再用你喜歡的色筆或顏料，幫櫃臺上色裝飾吧！

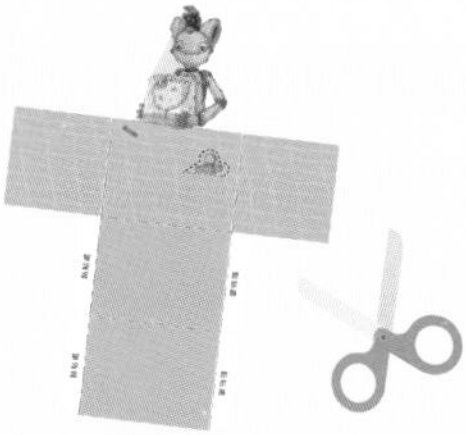

2 沿著----剪下芭拉和櫃臺輪廓。

3 用美工刀沿著桌面上印章的----割，小心不要割到----喔。

4 將----對折，立起芭拉和桌上的印章。

5 將-·-·-對折，再用黏膠將寫著「黏貼處」的地方黏上櫃臺兩側。

完成！

你想請我幫你寄送什麼東西呢?

可以將成品立在桌上，
時時提醒自己：
沒有事情是不可能的！

閱讀123